그게 너였다

2015 울산광역시교육청 '책을 품는 행복한 I'
학생 책쓰기 동아리 우수작품 출판지원 사업으로 출간되었습니다.

그게 너였다

발행일   2016년 2월 19일

지은이   오 도 연   사진 이 성 일
펴낸이   손 형 국
펴낸곳   (주)북랩
편집인   선일영   편집 김향인, 서대종, 권유선, 김성신
디자인   이현수, 신혜림, 윤미리내, 임혜수   제작 박기성, 황동현, 구성우
마케팅   김회란, 박진관, 김아름
출판등록 2004. 12. 1(제2012-000051호)
주소   서울시 금천구 가산디지털 1로 168, 우림라이온스밸리 B동 B113, 114호
홈페이지   www.book.co.kr
전화번호   (02)2026-5777   팩스   (02)2026-5747

ISBN   979-11-5585-945-2 03810 (종이책)   979-11-5585-946-9 05810 (전자책)

이 도서의 국립중앙도서관 출판예정도서목록(CIP)은 서지정보유통지원시스템 홈페이지(http://seoji.nl.go.kr)와
국가자료공동목록시스템(http://www.nl.go.kr/kolisnet)에서 이용하실 수 있습니다.
(CIP제어번호 : CIP2016004641)

성공한 사람들은 예외없이 기개가 남다르다고 합니다.
어려움에도 꺾이지 않았던 당신의 의기를 책에 담아보지 않으시렵니까?
책으로 펴내고 싶은 원고를 메일(book@book.co.kr)로 보내주세요.
성공출판의 파트너 북랩이 함께하겠습니다.

그대에게
배달된
반짝반짝
감성충만 시집

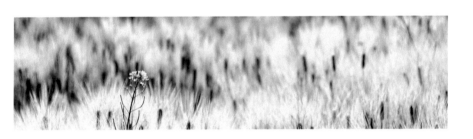

그게 너였다

오도연 시집

북랩 book Lab

그저 생각에 빠져 끄적이던 것들을

이렇게 책으로 엮을 수 있게 도와주신

여러 선생님들께

감사드립니다.

그리고 아름다운 풍경을 고스란히 품은 사진들을

함께 담을 수 있게 허락해 주신 이성일 선생님께도

진심으로 감사의 말씀을 전해 드립니다.

Prologue

쓰 담 쓰 담

따가운 햇볕이 내리쬐는 어느 가을날.

평소와 다름없이 평화로운 교실이다.

창가 옆쪽 자리에 앉아, 햇살이 그대로 앉아 있는 짧은 단발에, 얄푸리한 손가락으로 연필을 쥐고 있는 한 여자아이. 매일 매일 똑같은 하루를 보내는 것이 지겨운 듯, 긴 손가락으로 연필을 도르륵 도르륵 굴리며 지루함을 이겨내지 못한 채 엎드리려 한다.

이때, 교실의 평화를 깨는 문 여는 소리, 그리고는 한 아이가 그 여자아이를 부른다.

"신상돈 쌤이 너 교무실로 오래!"

여자아이는 천천히 고개를 들더니, 오만 가지 생각에 사로잡힌 채 교무실로 가기 위해 재킷을 들고 교실 문을 나선다. 교무실로 올라가는 계단에서도, 복도에서도, 그 아이는 생각이 많다. '혹시 내가 뭘 잘못한 것일까?' 수많은 고민으로 머리가 터질 것만 같은 도리질을 하며 그 아이는 교무실로 들어선다.

그리고 이날은 저 여자아이에게 잊을 수 없는, 그것도 평생 잊을 수 없는 날이 된다.

또한, 그날은 내게 잊을 수 없는 날이 되었다.

눈치 빠른 독자들은 이미 첫 부분부터 눈치를 챘는지도 모르겠다. 아직도 잊을 수 없는 그날, 나는 글을 쓰기 시작했다. 국어 선생님께서 나를 부르셔서 하셨던 첫 마디는,

"시 한 번 써 보지 않을래?"였다.

불쑥 던진 그 한 마디는 내게 '시'라는 것을 쓰게 만들었다. 그리고 글을 쓰기 시작한 후, 어느 순간부터 나는 쉬는 시간마

다 국어 선생님을 찾아가는 것을 행복해하고 있었고, 글을 가져다 드리는 그 쉬는 시간만을 기다리고 있는 나 자신을 볼 수 있었다.

그리고 국어 선생님은 글을 가져갈 때마다 내 머리카락을 쓰다듬어 주셨다. 나는 그 손길에 길들여지며 어느 순간부터 글 쓰는 것을 어떤 특정한 목적 때문에 쓰는 것이 아니라, 내 삶의 일부로 받아들이게 되었고, 글을 쓰는 것이 내 일상에서 빠질 수 없는 부분이 됐다.

나는 그 손길이 좋아서 매일매일 글을 쓰자마자 선생님께 글 공책을 들고 찾아갔고, 국어 선생님은 항상 같은 자리에서 날 기다려 주셨다. 그리고 내가 글을 들고 가면 선생님은 날 그냥 보내지 않으셨다. 항상 갈 때마다 사탕이나 음료를 주시

며, 난 국어 선생님의 사랑을 독차지했고 아이들의 부러움을
사기도 했다.

내 머릿결을 쓰다듬어 주시며 건넨 그 투박한 칭찬들, 나는
그게 좋았다. 그게 좋아서 나는 시를 썼다. 그리고 매일매일
시를 가져다 드리며, 시에 대해 하나하나 서툴게 배워갔다.

그 '쓰담쓰담'이 뭐라고 나를 변화시키고 있었다. 다른 사람
들에게는 '쓰담쓰담'이 별거 아닌 것으로 느껴질 수도 있다.

그런데 이건 내게 수많은 변화를 끌어냈다. 형식적인 것들에
매여 상 받기에만 급급한 글쓰기가 아닌, 내 감정 그대로를 담
아 쓰는 그런 글들을 쓰게 만들어냈다.

어쩌면 그 '쓰담쓰담'이 내가 가보지 못했던 새로운 길을 알
려 준 것 같다. 어느 누군가에게는 별거 아닐 수도 있다. 하지

만 그때부터 나는 그 '쓰담쓰담'이 나의 많은 것들을 변화시켜 냈듯, 내가 쓴 글들로 다른 사람들의 마음을 쓰다듬어 주고 싶다는 생각이 들었다.

우리 주변을 잘 살펴보면 지금도 따뜻한 위로와 관심, '쓰담쓰담'이 필요한 사람들이 생각보다 많다. 기댈 사람도 없고, 상처받은 마음을 회복할 길도 없는 사람들. 나는 그런 사람들을 내가 하나하나 찾아가서 안아줄 수 없기에 글로나마 안아주고, 보듬어 주고 싶다.

지금 이 글을 읽고 있는 당신도 아마 마음에 상처를 하나쯤 갖고 있을 것이다. 지금부터 내가 당신을 쓰다듬어 줄 테니, 이 책을 읽는 동안 내게 기대도 좋다. 내가 넓은 품을 만들어 놓았으니, 당신은 읽는 동안 편히 쉬다가 가도 좋다. 당신이 나의 책을 읽고 있는 동안에는 아무도 당신을 방해할 수 없게 꼭 품어 줄 테니.

쓰담쓰담….

2015년

늦은 가을

오도연 올림

차 례

제3부 **아주 조금, 아주 많이**

제1부

그게
너였다

그게 너였다

그런 사람

너는
그런 사람이
아니었으면 좋겠다

너의 감정을 앞세워
그저 휘몰아치는 폭풍처럼
내게 겁을 주고
날 집어삼킬 듯 하는
그런 사람

내게 화를 내면서
네 감정에 치우쳐
너의 밑바닥을 내게 보여주는
그 시간에도

나는
너에게
사랑을 보여주려 했다

그런 내가 많이 힘들고 흔들릴 때
가만히 다가와
꼭 안아주는
그런 사람이
나는 필요했다
바보 같은
나는
그런 사람이
당신인 줄만
알았다

두 송이의 꽃

마음에 씨앗을 심었다

그 씨앗의 중간에는 당신이 있다

내 마음과 내 시간을 쏟은 씨앗은

어느새 어여쁜 장미가 되어 있었다

그리고 그 옆엔 가시 돋은 날카로운 장미도

한 송이 피어 있다

두 송이 꽃은 그렇게 함께 있었다

언제부터인지 가시 맺힌 꽃은

당신과 꼭 닮아 아름답던 장미가 보이지 않도록

내 눈앞을 가로막아 버리기 시작했다

뿌옇게 흐려진 유리창으론 밖을 제대로 볼 수 없듯

내 눈앞을 흐리게 만든 의심은 널 볼 수 없게 만들었다

어여쁜 장미는 당신이었고

당신을 못 보게 한 건 나의 의심이었다

그리고 그 두 송이를 다 잘라낸 나는

허허벌판 같은 이 마음을 그저 바라보고만 있다

그게 너였다

지치게 하는 사람

지치게도 하는구나

지금도 난 충분히 지쳤는데

이제 조금 쉬어 보려 따뜻한 햇살 아래

몸을 뉘이고 있었는데 너는 나를 가만히 두지 않는구나

쉬지 않고 내 마음을 쉬게 하지 않는구나

그래도 난 너에게 쉬지 않고 다가가서 사랑을 주려 했다

나도 널 많이 지치고 질리게 했겠지

이제 더는 네게 지치게 하는 사람이 되고 싶지 않다

아무리 네가 내게 상처를 줬더라도

나는 널 탓하지 않으려 한다

끝까지 널 잡고 있었던 내 잘못이겠지

끝까지 널 지치게 하는 사람이었던 내가 잘못인거겠지

네가 아닌 날 탓하고 싶어진다

옛말에

지푸라기라도 잡는 심정이라는 옛말

그 말을 보면
세상이 무너져도 솟아날 구멍은 있는가 보다

당신을 너무 아프게만 하는 세상에게서
당신도 벗어날 구멍이 있다

그럼 나를 너무 아프게만 하는 너에게서
내가 벗어날 구멍은 어디에 있을까

내가 너로 인해 너무 많이 아파서
주저앉으려 할 무렵에는
희미하게나마 그 구멍을 찾을 수 있을까

김치 국물

내가 너와 함께 했던 오래된 이야기들을

한 번 되짚어 봤다

우리는 참 풋풋하고 푸르렀었다

하지만 그 추억도 이미 기억 속에 잊혀져 간다

나는 먼지가 겹겹이 쌓인 그 이야기들을 읽어 내렸다

많은 시간들이 이미 그 위에 쌓여

우리의 이야기는 흐릿해져 가고 점점 없어져 간다

그렇지만 너는 아직 내 기억 속에 또렷하다

김치 국물을 흰 옷에 흘린 것 마냥

너는 내게 시뻘건 자국을 남기고 떠났다

아직 지워지지 않은 그 자국을 보며

나는 다시금 생각해 본다

나는 당신에게 흰 옷에 튄 김치 국물처럼

지울 수 없는 존재일까

그게 너였다

나에게 참 힘이 되어주었던 사람
나를 진심으로 좋아했던 사람
내 마음을 얻기에 충분했던 사람
나를 잠시동안 행복하게 해줬던 사람

그게 너였다

요즘 들어 널 다시 되짚어 본다
나에게 추억이란 걸 처음 만들어준 사람
또한 날 비참하게도 했던 사람
끝에는 날 가장 아프게 했던 사람

그것도 너였다

알았을까?

좋아한다는 사탕 발린 말 말고,

당신은 좋아한다는 게 뭔지 알았을까

날 아프게 했고, 당신 얘기만 하느라 바빴던 당신은

사랑이 무엇인지 알았을까

내 눈앞에 당당히 나타나는 당신을 보며

마음이 찢어지던 나를 당신은 알았을까

그런 미운 당신인데,

나는 당신을 내 기억 속의 미운 점으로 찍어두기 싫었다

그저 한 떨기 꽃처럼 아련하게

기억에 남겨두고 싶을 뿐

내게 아름다운 한 떨기 꽃보다도 더 아름답고,

더 아릿했던 시간을 선물해준 당신은

지금도 당신을 향하는 나의 이 마음을

알고 있을까

당신께

뒤척뒤척 밤잠을 설치다
자리 잡고 앉아
펜을 다시 잡아봅니다

내일 아침 당신의 마음 속에
밤을 지새우며 쓴 이 글이
조금이나마 닿을까 싶어
펜을 다시 잡아봅니다

펜촉으로 꾹꾹 눌러 적는 이 마음
당신은 아시는지요

그저 별 거 아닌 것 같은 글이지만
이 글에 나는 밤을 쏟았습니다

당신을 볼 수 있는 아침이 오길 기다리며

눌러 적는 말들에 담겨 있는 이 마음을

뜬 눈으로 지새운 이 밤을

아무도 없는 듯 모두가 숨죽인 이 고요한 밤을

당신께 선물합니다

비바람

바람이 불면
옷을 단단히 잠궈야지

비가 내리면
우산을 쓰고 장화를 신어야지

당신이 부는 바람이면
난 실려가야지

당신이 내리는 비면
난 그저 맞고 있어야지

그 비바람이
한 번 시원하게 내렸으면
딱 좋을 것 같은 오후다

펜촉

처음 샀을 땐
손이 닿기만 해도 따가울 만큼
날카로웠던 그 펜촉이
내 손을 타고
이 종이 저 종이와 만나며
둥글둥글해지듯

내 손을 타고
노니던 펜도 곧 잉크가 떨어져
내 손을 떠나듯

그렇게 나도 네 손을 떠나야 했다

펜촉과 내가 다른 점이 있었다면
난 당신의 손을 떠나고 싶지 않아
다 떨어진 잉크 통에 그리움을 가득 채워
어떻게든 당신 곁을 떠나지 않으려 했던 것뿐

물

엎질러진 물을 다시 담을 수는 없다
사람들은 흔히 말을 한다

하지만
엎질러진 물을 다시 담을 수는 없어도
곧바로 닦아낼 수는 있다
더 이상 퍼져나가지 못하게

그렇게 나도 당신을 닦아 내리
당신이 내 안으로 더 깊이 스며들지 못하게

제2부

/
시를
선물한다는 것
/

빨래판

옷에 진 얼룩물
옷에 진 땟국물
깨끗이 빼주는
빨래판

나도 빨래판이 갖고 싶다

당신이 내게 만든 얼룩과
당신이 만든 이 흔적들을
깨끗이 없애주는
빨래판

그게 너였다

눈물

눈물이 앞을 가려
글씨도
책상도
사람들의 얼굴도
흐러지고 아무것도 보이지 않았다
날 이렇게 만든 당신에게 화가 났다

날 매일 눈물짓게 하는 당신
잔인한 당신에게 부탁 하나만 하자면,
당신이 흘리게 만든 눈물은
당신이 거두어 가라
흘린 눈물이 자국으로 남아
내가 당신의 굴레에서 벗어날 수 없게 하지 말고

풍선

당신은 참 공기 같은 사람이다
그리고 나는 풍선이다

당신은 내게 버겁다
난 당신을 다 받아내려
마음을 넓혀 본다
팽팽해지고 터질 것 같을 때까지
당신을 받아내려 한다

그러다 그만 내가 펑 하고 터져버린다면
나는 당신에게 마지막 부탁을 할 것이다

공기 같은 당신
공기처럼 항상 내 곁을 지켜달라고

그게 너였다

틈

글을 쓰다가 노트 한 장을 비웠다
틈을 두고 싶었다
그 빈 공간을 또 다른 글로 채우려다
다시 펜을 내려놓았다
안 그래도 빽빽하게 사는 나인데,
여기라도 틈을 주고 싶어서
숨 쉴 틈,
여유로울 틈,
빠져나올 틈,
날 힘들게 하는 모든 것에서 벗어날 틈을

시를 선물한다는 것

시를 선물하고 싶은 누군가가 있다는 것
그건 나의 마음을 주고 싶다는 것
당신께 말로 다 표현 못할 이 사랑을
시로 느끼게 해 주고 싶다는 것
애잔한 이 마음을 당신께 알려주고 싶다는 것

그리고 차갑던 마음을
두드려 주는 누군가가 생겼다는 것

그게 너였다

오늘

눈이 내리던 날
첫눈을 함께 맞고 싶었던
그대와 함께 하고 싶었던
그대가 많이 보고 싶었던
눈 같은 당신과 새하얀 눈길을 걷고 싶었던
하지만 내 곁은 차가운 공기만이 메우던
그대 없이 혼자 걸어도 괜찮을 줄 알았던
그런데 생각보다 훨씬 차갑고 아팠던 그런
그런 슬픈 눈이 내리던 날
오늘

그대여

따뜻한 햇살이
내리쬐던 겨울날
같은 그대여

차가운 겨울 도중에
갑자기
따뜻한 날을 선물해 준 것 마냥
나에게는
반가운 존재였던 그대여

이 공책의 반을 그대와 함께 한 기억으로 채우며
몇 권의 공책을 써도
아깝지 않을 만큼 반가운 그대여

그대여

이 봄처럼 불쑥 찾아온 나이지만,

내가 당신께 가면 한 번 꼭 안아주길

우연이라도

내 마음에 글씨를 새겼다
'세렌디피티'
뜻밖의 행운

당신 생각이 나서
내 마음에 또다시 글씨를 새겨본다
뜻밖의 행운이 네가 되어
나에게 뜻밖에 찾아와 달라고
꼭 내가 보고 싶어 오거나
꼭 내가 좋아서 오지 않아도 된다

'세렌디피티'
우연에라도 날 찾아와 주라

그게 너였다

매너

음식점에 갔다
신사답게 멋진 정장을 차려입었지만
얼굴에는 긴장한 기색이 역력한
멋진 아저씨가
눈망울이 참 예쁜 여자분의
의자를 빼주고,
음식을 덜어준다

보고 있으니 웃음이 나온다
아저씨에게 물어보고 싶어진다
"아저씨, 저 여자분 많이 좋아하시나 봐요?"

거짓말처럼

거짓말처럼 눈이 내렸다

창문을 열자마자 펼쳐진

새하얀 세상은 정말 거짓말 같았다

오늘은 그대도 거짓말 같았으면 좋겠다

거짓말처럼 내 곁에 있어주면,

거짓말처럼 날 꼭 안아주면, 좋겠다

그대가 내게 거짓말하는 건 싫지만

오늘만은

그대가 거짓말 같았으면 좋겠다

그대가 내 곁에 거짓말처럼 머물 수 있게

그게 너였다

언제였나

언제였나
그대를 처음 만났던 게

언제였나
그대가 나를 누구보다 아껴줬던 게

그제였나
그대가 내 머릿속에서 다시 선명히 떠올랐던 게

언제였나
그대가 내 머릿속에서
그리고 내 마음속에서
사라지지 않기 시작한 게

계절과 가는 그대

날 한껏 세게 안아주던
따사롭던 그 계절은
날 떠난다

날 한껏 세게 안아주던
그대도
날 떠난다

그대는 계절과 함께 간다
계절과 함께 내 곁을 떠난다

아리따운 그대

예쁘고 아름답고
고우며 아리따운 그대
이 모든 말을 붙여도 그대에게는
한참 모자라네요
당신은 참 귀해요

그러니 자신에게 흠을 내지 마세요
당신은 정말 정말 예뻐서
모든 아픈 것으로부터 제가 다 지켜주고 싶은데
당신마저 당신에게 흠을 내지 마세요
지금 당장이라도 그대에게 가 상처를 덮어주고 싶네요
그래도 되겠습니까 그대

크리스마스 소원

흰 눈이 내리게 해주세요
그 사람이 있는 곳에도
선물도 받게 해주세요
그 사람에게서
모두가 행복하게 해주세요
그 사람과 함께

사실 이건 크리스마스 소원이 아니에요
제 크리스마스 소원은요,
그 사람이 절 보게 해주세요
그 사람이 날 쳐다보기라도 하게 해주세요
날 좋아하는 것도 바라지 않아요
그저 지켜만 보는 날 그 사람이 알게 해주세요

그게 너였다

허전하다

새까맣던 밤에
조금씩 햇볕이 스며들 때쯤이었나
저벅저벅 걸어갔다
혼자가 되어 이 길을 다시 걸으니
느낌이 남달랐었지
그대와 함께 손잡던 길이었는데
어느 순간 혼자 이 길을 걷고 있네
저벅 저벅 혼자 걷는 발소리가
허전하다
그대가 사라진 내 곁도
허전하다
마음 한 구석이
허전하다

제3부

아주 조금,
아주 많이

완벽한 날

내 마음을 다독이는
음악소리
내리는
빗소리
오랜만에 맞는
여유
나른해진
마음

어느 순간보다 행복해진
지금
완벽한 날

당신은 이 완벽한 날 뭘 하고 있을까

당신이 생각나는 오후라서

더 완벽한 날

오늘

우산통

우산통에 빗물이 한 가득
우산을 잠깐 꽂아두었는데
빗물이 한 가득이다
문득 우산통을 보니 떠오르는 당신
비 오는 날을 유난히 좋아했던 당신
소나기처럼 내 마음에 불쑥 찾아왔던 당신
소나기처럼 잠깐 왔다 그칠 거면서
이렇게 빗물을 많이 남겨놓고 가면
나는 이 빗물을 어디에 둘까
당신의 흔적을 가슴에 가득 안고
오늘도 나는 아파한다
당신이 남기고 간 그 빗물이
나는 정말 아프다

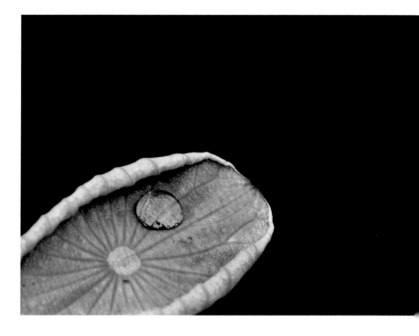

잠

두렵다
자고 일어나면
다 끝나버려 있을까 봐
자고 일어나면
모든 게 다 사라져 있을까 봐

많이 두렵다
사실 모든 게 다 사라져도 괜찮은데
그대가 사라질까 봐 두렵다
아주 많이 두렵다

그게 너였다

하늘과 함께 떠오른 그대

하늘이 참 푸르다

너무 예쁘다

그래서 참 슬프다

저 푸른 하늘에 떠있는 구름도

다 슬프다

당신도 이 하늘 아래에 있겠지

이 예쁜 하늘 아래에

당신이 있겠지

나 아닌 다른 사람과 하하 호호 웃으며

잘 지내고 있겠지

아주 조금, 아주 많이

당신을 참 많이 미워했어요
정말 많이요
당신이 다른 누군가와 함께
내 앞에 나타났을 때는
정말 정말 많이 미워했어요
지금도 나는 당신이 미워요
그런데
당신과 함께 걷던 거리를 보고 있는 지금
당신을 그리워했어요
아주 조금요
정말이에요 아주 조금
사실
아주 조금 미워했어요
많이 사랑했습니다 그대

그게 너였다

걷다

밤바다를 달리고 있어요
한동안 밤바다를 정말 싫어했었는데
오늘은 그냥 가만히 바라보고 있어요

당신이 사라진 후부터
당신과 자주 갔던 그 밤바다가 참 싫었는데
오늘은 그냥 가보려구요

당신과 같이 갔던 그 길도 걸어보고
당신과 손 꼭 붙잡고 걸었던 그 길도 걸어보고
당신과 함께 했던 그 시간 위도 한 번 걸어보고
그리고 다시 돌아오려고요

행복했어

가끔은
그대와 함께 걷던 날이
생각 나네

벚꽃 잎이 흩날렸어
온 세상이 하늘하늘 흩날렸어

그대와 함께 맞잡았던 그 손이
그대와 함께 걸었던 그 거리가
그대와 함께 했던 그 시간들이
아직도 나는 아련하게
생각 나네

아주 어렴풋이 생각 나네

흐릿해진 그 시간들이

그리고 그대도 생각 나네

돌아보니 참 행복했었네

그대와 행복했었네, 정말

바람이 분다

바람이 분다
하늘 하늘 옷깃이 날린다
그대에게도 같은 바람이 불고 있겠지
그대의 옷깃도 살랑거리고 있겠지
같은 하늘 아래에서

당신도 이 바람을 맞으며 내 생각을 할까
한 번이라도 해 준다면
나는 더 바랄 것이 없다
그저 한 번만 나와의 추억을 생각해 주길

오늘 따라 더 슬픈 바람이 분다

꽃길

내 인생은 꽃길이었네
빽빽한 꽃들 사이에서도
당신은 내 눈에 띌 만큼
아름다웠고
정신 차릴 틈도 없이 코끝을
괴롭히는 꽃 내음처럼
당신은 내 마음을 혼미하게
혼미하게 만들었고
떨어지는 벚꽃처럼
당신은 지는 순간까지도
당신이 있어 내 인생은 꽃길이었네
꽃길 같은 내 인생을
당신과 손 꼭 붙잡고
걷고 싶어지는 오늘
당신은 내 생각을 하고 있을까?

그게 너였다

착각

바람이 머리칼을 쓸어내리니

그대가 내 머리를 어루만지던

그 착각에 빠져 버렸다

햇빛이 따스히 내리쬐니

그대가 나를 바라보던

그 착각에 빠져 버렸다

착각이라는 걸 알지만

그대가 내 곁에 있는 것만 같은

느낌만으로도 나는 기분이 좋다

그런데 자꾸만 마음이 시리다

왜 이럴까, 왜 이럴까

내 마음이 왜 이리도 시릴까

분명히 당신 생각에 기분이 좋아야 하는데

펜

펜을 잡기만 하면
그대가 생각이 난다

펜을 잡고 있는 지금
그대가 또 다시 생각이 난다

그리고 또 다시 종이 위를
그대 얘기로 채워 나간다
오늘따라 펜이 참 밉다
당신만 생각하면, 펜이 가만히 있지를 못한다
당신은 떠났지만
펜은 아직도 적을 게 많은가 보다
당신에 대해

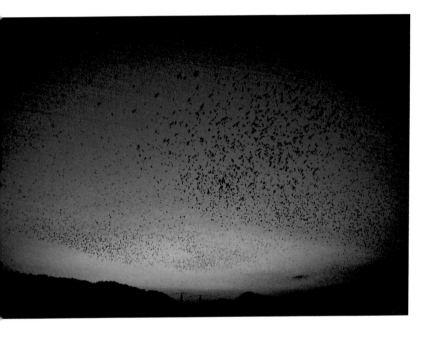

그게 너였다

보어

멀어지지 않겠다고
항상 곁에 있겠다고
나만 보겠다고
내게 말했었지
그런데
당신이 자꾸 멀어지고 있는 게
나는 보여
당신은 아니라고 하겠지만
나는 당신이 멀어지고 있는 그 모습이 자꾸 보여
그래서 눈을 감아버리지만
그대 목소리는 자꾸 작아져
한 걸음 한 걸음 멀어지며
목소리가 작아져

그대는 그렇지 않은데

그대는 나를 잡지 않는데
그대를 보면
나는 그 자리를 뜨지 못한다
그대는 나를 잡아 주지 않는데
그대를 보면
나는 그대에게 내 눈길이 잡혀 버린다
지금 그대를 마주한다면
그대는 그렇지 않겠지만
나 혼자만 눈물이 날 것 같다

아파

나 그대를 보면

마음이 찢어지는 것만 같아

그래서 그대를 안 마주치려

어떻게든 안 마주치려 피해 보지만

당신은 내가 가는 모든 곳에 있더라

그래서 나는 더 아팠어

그런데 말이야

그대를 보면 너무 아픈데

더 눈물이 나는 건

그대를 안 보면 더 많이 아파

걱정

당신 오늘 아프다며
사실 걱정 참 많이 했어

당신 수척해진 얼굴을 보며
정말 걱정했어

나는 오늘
당신을 위해 내가
아무것도 할 수 없다는 사실에
너무 많이 아팠어

어쩌면 당신보다
더 아팠을지도 몰라

당신도

혹시

날 걱정했어?

마주치다

계단을 내려가고 있었다
가만히 날 바라보고 있던 그대와
눈이 딱 마주쳐 버렸다
순간 동안 시간이 모두 멈춰 버린 것 같았다
나와 그대만이 시간 속에서
움직일 수 있는 것만 같았다
잠시 동안 멈춰진 것 같았던 그 시간 동안
많은 생각들이 스쳐 지나갔다
그리고 잠시 동안 잊었던,
아니
잊으려고 파묻어 두었던 그대가
다시 내 마음속에 자리 잡았다

그게 너였다

등대

그대는 내게
등대와 같은 존재였다
환반 불빛을 내게 보여주는
당신이 없던 나는 어둠이었고,
그 어둠을 당신이 밝혀 주었다
어두운 길을 그대가 밝혀 주었으므로
나는 비로소
그대에게로 갈 수 있다
나를 빛내 줄 당신에게로

바다

내가 본 당신은

드넓은 바다였다

그리고 나는 그 바다가

발이 닿지 않을 만큼 깊을 것이라는 것을

알면서도

당신에게로 뛰어들었다

그리고 나는

당신이라는 바다에 그리 오래 머물지 못했다

바닷속

당신과 함께 했던 수많은 시간들을 혼자 걷어 올리고

터벅터벅

홀로 돌아와야만 했다

제4부

나는,
또 너는

그게 너였다

너는 그렇지 않았구나

언제나 옆에 있어 줄 거라고 생각했는데
항상 나와 함께 있어 줄 거라고 생각했는데
너는 아니었구나
너의 진심은 그렇지 않았구나

너도 나와 같을 거라고 생각했는데
너도 날 사랑할 줄 알았는데
너는 아니었구나
너는 날 사랑한 적이 없었구나

내가 너에게

내가 너에게
이별을 말했다
지금 생각해도
이해할 수 없는 일이다
내가 너에게 이별을 말하다니
그리도 좋아하던 너에게
네 사진을 보면서도 미소를 짓던 내가
이별을 말했다
그래야 할 것 같았다
그때의 넌
내가 이별을 말할 때만을
기다리고 있는 것 같았다

떠나는 사람

떠나는 사람은
나인데

왜
내가 더 아픈 건지

붙잡는 사람도 없는데
왜 이리도 아픈 건지
왜 마음이 다 무너지는지

나만 떠나면
우리는 끝인데

나는

왜

널 떠나지 못하는 건지

나는, 또 너는

나는
너무 아프고
너무 괴롭고
너무 힘든데

너는
너무 행복해 보인다
너한테 행복하라고 한 건 난데,
니가 나 아닌 다른 사람과 행복한 걸 보니
이상하리만큼 가슴이 아프다

내가 네게 행복하라고 했던 말의 참뜻은
아마
'행복해라'가 아니라
'행복하자'가 아니었을까

그게 너었다

언젠가는

널 언젠가는 다시 봐야 하는데
난 벌써부터 그때가 걱정이 된다
그때는 널 다 잊어야 할 텐데
그때는 널 좋아하지 않아야 할 텐데
그때까지도 널 좋아하면 어떻게 해야 할까
너의 뒷모습만을 보고도
널 알아채고
달려가 확 안아 버리지는 않겠지
보고 싶은 마음에
잊으려 해도 잊지 못했던 그 마음에

내 하늘

나는 밤이 참 싫다
밤이 깊어가면서
하늘은 더 검게 변하고
검은 하늘 사이에서
너라는 별은 유난히 빛난다
너와 함께 있던 그 시간들은
별똥별처럼 떨어진다
수없이 떨어진다
쉬지도 않고 떨어진다
그치지도 않고 떨어진다
내 하늘은
별들로 꽉 찼다

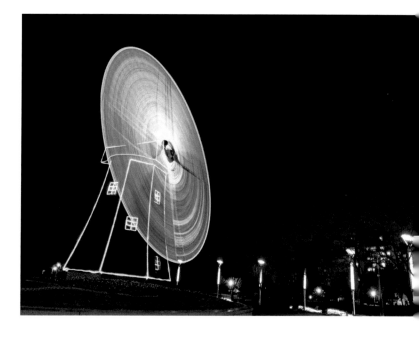

네가 앗아간 것들

슬픈 노래를 들어도
눈물이 나지 않고
니 생각을 해도
눈물이 나지 않고
이제는 널 마주해도
눈물이 나지 않는다

내 눈도
이제는 행복하고 싶은 걸까
더 이상은 눈물 흘리고 싶지 않은 걸까

확신

나에 대해 넌 확신이 없었다
날 좋아하냐는 질문에도
너는 제대로 답을 하지 못했다
답을 하지 못하는 널 보면서
나는
묻고 또 물었다
답을 하지 못하는 너에게,
묻고 또 물었다

좋아한다고
아직 많이 좋아한다고
내가 듣고 싶었던 이 말이 있었기에
나올 때까지 몇 번이라도 묻고 싶었다

그때의 나

그대를 향한
쑥스러움에
고개를 들지 못하던 나

그대를 향한
미움 섞인 눈물에
고개를 들지 못하는 나

글

글을 쓰는 것이
싫어질 때가 있다
펜만 잡으면
당신 생각이 나니까
다른 이야기를 써보려 해도
당신이 떠오르니까
글만 쓰려고 하면
잊은 줄 알았던 당신이
또 다시 나타나니까

내 자신

당신이 내 곁을 떠난 후에
날 가장 힘들게 했던 것은
내 자신이었다

날 사랑한 적도 없는 당신을
잊지 못하는 내 자신이

날 진심으로 대한 적도 없는 당신을
시키는 사람도 없었지만
온 마음을 다해 사랑하고
가슴이 뭉개질 듯 아파하고 있는
내 자신이

너무 한심해서

모르는 척

모르는 척 해야 했다
내가 아닌 다른 사람을 보고 있는 당신을
알면서도 나는 모르는 척 해야 했다
몰라야 했다
알아 버리면 내가 너무 비참해질 것만 같아서

그리고 지금,
우리는 모르는 척한다
더 이상 우리는,
모른다
서로를

크리스마스

크리스마스라고

사람들은

참 행복해 보인다

나도 크리스마스에 행복하고 싶었다

당신과 행복하고 싶었다

그런데

나만의 소원이어서였을까

산타할아버지는

소원을 들어주지 않으셨다

그리고 크리스마스에

나는 당신과 헤어졌다

어떤 봄날

모두가 행복한 봄날
우리는 이별을 앞에 두고 있었다

나는 이미 떠난 네 맘을
다 느꼈으면서도
그날은 모르고 싶었다
그 아름다웠던 봄날은
꼭 너와 함께이고 싶었다

가장 먼저

내게서 당신이 멀어져 가는 것을
나는 느꼈다
당신 마음이 이제 더 이상
날 향하지 않아 있다는 것을
나는 느꼈다

당신이 하는 행동들
하나 하나에
예민했던 나는
당신이 내게서 멀어져 가는 것도
가장 먼저 느꼈다

가끔은 둔해지고 싶을 때가 있다

가장 맛있는 것

언젠가 식탁에
맛있는 음식들이 올라 왔었다
철없는 딸은 아무것도 모르고
정신없이 먹었다
엄마는 흐뭇하게 딸을 바라봤다

그 식탁은
며칠 동안
여러 가지 문제들로
힘들어하던
딸을 위해
엄마가 생각했을 때
가장 맛있는 것들을 잔뜩 준비한 거였다

가장 맛있는 것을,

가장 좋은 것을,

모두 나에게 주는 그런 사람이 있다

세상 무엇과도 바꿀 수 없는

어떤 사랑으로도 표현할 수 없는

그런 사람이 있다

마음

마음 굳게 먹어야지
흔들리지 말아야지
하면서도
네가 잡는다면
나는 그냥 너에게 다시 돌아가게 될 거야
다시 네 손에서 놀아나겠지

이렇게 상처를 받았으면서도
아직도 이 마음은
철딱서니가 없다
아직도 너만 보면
가슴이 뛴다

사랑받고 싶은 마음

싸움이 잦아지고 난 후부터
나는 한 번도
사랑받은 적이 없는 것 같다

나는 끊임없이 사랑을 주었는데
사랑을 받을 수는 없었다

나는 늘 사랑이 고팠고
그런 내가 당신을 지치게 한 거겠지

어느 순간
우리의 이별을 내 탓으로 돌리고 있는
나를 발견한다

더, 덜

조금만 덜 사랑할걸

조금만 덜 사랑을 주었더라면

지금 이렇게 아프지 않았겠지

조금만 덜 바라볼걸

조금만 덜 바라봤다면,

이렇게 아프지 않았겠지

조금만 더 사랑받고 싶었는데

내 마음은 아직도 사랑을 하고 있는데

그 욕심이

지금의 우리를 만들어낸 걸까

욕심에 눈이 멀어,

우리가 이렇게 되어 버린 걸까

쉬운 말

너무 사랑하지만
이별을 말했다는 말
나는 그런 말을 하는 사람들을 보며 말했다

말도 안 된다고
사랑하는데 왜 헤어지느냐고
그렇게 쉽게 말했다

우리는 영원할 줄 알고
그렇게 쉽게 말했다

그게 내 이야기가 될 줄도 모르고
그렇게 쉽게 말했다

그게 너였다

버리는 것

너와 함께 찍은 사진이
먼지에 쌓여 있었다

차마 버릴 수가 없었다
버리면
우리가 정말 끝이 날 것 같았다
진짜 우리가
아무것도 아닌 사이가 될 것 같았다
그것마저 버린다면
우리가 함께였다는 것을
아무도 모를 것만 같았다

너와 나는 이미 끝이 났지만
추억을 버리는 것은 아직도 힘이 든다

이별의 과정

이별의 과정은
참으로 길다
너를 보면서
아파하고
너를 생각하며
눈물짓고
이를 수없이 반복하며
난 또 지치고
다른 사람과 있는 널 보면
화가 나고
그러다가,
이제 더 이상 넌 내 것이 아니구나
라는 것을 알게 되는 순간
길고 길었던
이별의 과정은 끝이 난다

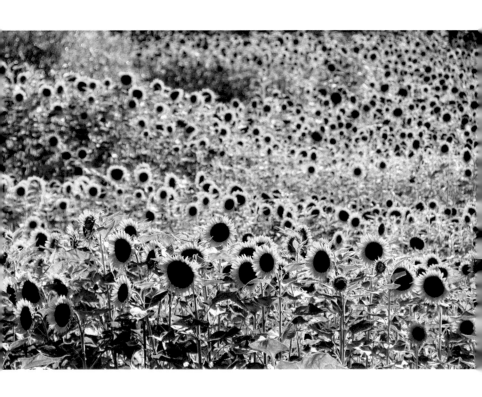

Epilogue

토 닥 토 닥

_ 따뜻한 위로와 공감을 전하는 글과 사진들

따뜻한 말 한 마디 전해 주고 싶은 사람은
바로 너였다고 이야기를 하고 있는 듯
이 책을 펼쳐 든 나에게
어느새 따스한 마음 한 켠을 내어주는 글과 사진들입니다.

세상살이가 각박해져 갑니다.
각박해져 가는 삶 속에 자신의 마음을 되돌아볼 틈도 없이
일상을 바쁘게 살아가는 사람들 아니, 살아간다는 표현보다
살아낸다는 말이 더 적절하지 않을까 싶을 정도로 요즘 세상
살이가 녹록지 않음은 나이가 많고 적음을 떠나 모두가 공감
하는 내용일 겁니다.

모두가 열심히 자신에게 주어진 삶을 살아내고 있지만, 내 마음은 챙길 틈이 없습니다. 그러다 보니 누군가의 마음도 챙겨줄 여유가 없습니다.

그런 삶 속에서 이 글과 사진들을 만나게 되었습니다. 각박해진 삶 속에서 발견하지 못했던 섬세한 감정들을 되살려 내는 것들입니다. 토닥토닥 때로는 아픈 내 마음을 마치 들여다보고 있는 듯 그대로 읊어내기도 하고, 미처 챙기지 못했던 내 주변 누군가의 눈물을 생각하게 합니다.

중학교 2학년.

어찌 보면 마냥 철부지 같아 보이는 나이이지만, 어른인 우리보다 어쩌면 더 따스한 마음과 감성을 지니고 있다는 생각을 하게 됩니다. 날로 각박해지는 삶 속에서 우리는 어떻게 인생을 살아가야 하는가에 대한 답을 찾게 해줍니다. 나에게 '너'가 어떤 존재인지, 내가 너'에게 어떤 존재여야 하는지 생각해야 함을 일깨워 줍니다.

서로 미워하고 혹은 무관심하게 살아가는 각박한 삶을 넘어 우리 모두가 따뜻하게 보듬어 가야 하는 삶을 살아가야 함을 이 글과 사진들을 통해 얻게 됩니다. 그리 거창하지 않아도 그저 서로를 향한 진심만 전해진다면 어렵지 않은 일입니다. 서로에 대한 따뜻한 관심 한 모금이면 우리의 삶은 조금 더 향기로워지며 풍부한 향기 머금은 인생을 살게 됨을 알게 됩니다.

2015년

늦은 가을

지도교사 강미연